Para Marcia y Charles

|

HarperCollins®, 📖®, and Harper Arco Iris™ are trademarks of
HarperCollins Publishers Inc.
This edition is authorized by the Estate of John Steptoe
and the John Steptoe Literary Trust.

Stevie
Copyright © 1969 by John L. Steptoe
Translation by Teresa Mlawer
Translation copyright © 1996 by the John Steptoe Literary Trust
Printed in the U.S.A. All rights reserved.

Library of Congress Cataloging-in-Publication Data
Steptoe, John, date
    [Stevie.   Spanish]
    Stevie / por John Steptoe ; traducción de Teresa Mlawer.
        p.   cm.
    Summary: A little boy resents his younger foster brother but then
misses him.
    ISBN 0-06-027038-1. — ISBN 0-06-443442-7 (pbk.)
    [1. Friendship—Fiction.   2. Spanish language materials.]   I. Title.
[PZ73.S7565   1996]   95-17757
                                                                                          CIP
                                                                                          AC

1   2   3   4   5   6   7   8   9   10
❖
First Spanish Edition, 1996

Stevie

por John Steptoe

Traducción de Teresa Mlawer

Harper Arco Iris
An Imprint of HarperCollins*Publishers*

Para Marcia y Charles

Un día mamá me dijo:

—¿Sabes?, vas a tener un amiguito que va a venir a vivir contigo.

Yo le contesté:

—¿Ah, sí? ¿Quién?

Ella me dijo:

—¿Te acuerdas de mi amiga, la señora Mack? Mientras ella trabaja, yo cuidaré a su hijo.

—¿Cuánto tiempo se quedará? —pregunté.

—Se quedará con nosotros de lunes a viernes y su mamá lo recogerá los sábados.

Al día siguiente, sonó el timbre de la
puerta. Era una señora con un niño.
El niño era más pequeño que yo.
Corrí junto a mamá y le pregunté:
—¿Son ellos?
Entraron en la cocina y yo me quedé en
el pasillo para escuchar lo que decían.

El nombre del niño era Steven pero su mamá lo llamaba Stevie. Mi nombre es Roberto pero mi mamá no me llama Robertico.

Y así fue como el fastidioso de Steve vino a vivir con nosotros.

Siempre se salía con la suya y, además, era un egoísta.

Todo lo que veía lo quería:

—¿Me das un poco? ¡Dame, anda, dame!

Como era más pequeño que yo, se quedaba en casa, jugando con mis juguetes, mientras yo iba a la escuela.

"¿Por qué no le trae su mamá *sus* juguetes para que los rompa?" pensaba yo.

Cuando regresaba de la escuela, me ponía furioso con mi mamá:

—¿Por qué no lo vigilas y le dices que no toque mis cosas?

Además, se subía a mi cama para mirar por la ventana y dejaba las huellas de sus zapatos sucios por todas partes. Mi mamá nunca le decía nada.

Los sábados, cuando su mamá venía a recogerlo, él actuaba como un angelito delante de ella.

Un día cogió mi avión. Él pensó que yo no le iba a decir nada porque su mamá estaba delante, pero le dije que lo dejara en su sitio.

No podía ir a ninguna parte sin que mamá me dijera:

—Lleva a Stevie contigo.

—Pero, ¿por qué tengo que llevarlo conmigo a todas partes?

—Hijo, si tú vivieras en casa de otra persona, no te gustaría que te tratasen mal ¿verdad? ¿Por qué no tratan de jugar juntos, como buenos amigos?

—¡Vaya, yo siempre soy bueno con él, aunque es un niño mimado! ¿Por qué siempre tiene que salirse con la suya?

Cuando salía a jugar con mis amigos, tenía que llevarlo.

—¿Es tu hermano? —me preguntaban.

—No.

—¿Es tu primo?

—¡No! Es un amigo. Vive con nosotros y mi mamá me obligó a traerlo.

—¡Ja, ja, tienes que hacer de niñera!

—¡Basta ya! ¡Vamos, Steve! ¿Ves?, por tu culpa mis amigos se ríen de mí.

—¡Ja, ja, Roberto tiene que hacer de niñera! —se burlaban mis amigos.

—¡Vengan, vamos a jugar al parque! ¿Vienes, Roberto? —preguntó uno de mis amigos.

—No. Mi mamá dice que él no puede ir al parque porque la última vez que fue, el muy tonto se cayó y se lastimó la rodilla.

Y sin esperar más, mis amigos se fueron.

—¿Ves? Ni siquiera puedo jugar con mis amigos. ¡Y todo por tu culpa, vámonos!

—Lo siento, Roberto. No te caigo bien, ¿verdad? Lo siento de veras —dijo Stevie.

—¡Oh, qué más da! —le contesté.

Un día que papá tenía visita, yo me quedé sentado detrás del sofá, sin hacer ruido, mientras hablaban, contaban chistes y tomaban cerveza. ¡Ni siquiera se habían dado cuenta de que yo estaba allí!

De repente, llegó el ruidoso de Stevie. Tan pronto como mi papá lo oyó, me gritó y me ordenó que subiera a mi cuarto. ¡Y todo por culpa de Stevie!

A veces la gente fastidia. No es que lo hagan a propósito, pero molestan. ¿Por qué tengo que cargar con él? Mi mamá sólo tuvo un niño. Antes de que ese tonto viniera a vivir con nosotros, todo era diferente.

Un sábado, como de costumbre, vinieron los padres de Steve a recogerlo. Nos dijeron que se iban a ir a vivir lejos y que Stevie ya no volvería.

Y así, sin más ni más, se fue.

A la mañana siguiente, me levanté temprano para ver televisión. Preparé dos tazones de cereal y al instante me acordé de que Stevie ya no estaba.

A veces nos divertíamos mucho corriendo por toda la casa. Bueno, por lo menos de ahora en adelante mi cama se mantendrá limpia. Después de todo, no era para tanto y el pobre, no lo podía evitar porque era medio tonto.

Recuerdo una vez que me comí el último pedazo del pastel de chocolate que quedaba y le eché la culpa a él.

Jugábamos a los indios y a los vaqueros a la puerta de casa.

Cuando yo hacía la tarea, trataba de enseñarle lo que había aprendido en la escuela. A pesar de ser tan pequeño, podía escribir su nombre bastante bien.

Me acuerdo que una noche jugamos al "coco" y nos escondimos debajo de las mantas con la linterna de papá.

En una ocasión, mientras jugábamos en el parque, encon-
tramos entre los arbustos dos ratas muertas: una era negra
y la otra marrón.

A veces, nos reuníamos con mis amigos y merendábamos
en el parque.

La verdad es que pasamos muy buenos ratos juntos.

Pienso que se sentía más a gusto con mi mamá que con la suya, porque a su mamá la llamaba "madre" y a mi mamá "mami".

¡Vaya, se me ha aguado el cereal pensando en él!

Stevie era un niño simpático.

Era como un hermano pequeño.